백련사 앞마당의 백일홍을

백련사 앞마당의 백일홍을

백련사 앞마당의 백일홍을

김재석 시집

문학들

시인의 말

세상에
등 돌리고 있는
별들이여,

너희들 마음
다 안다

너희들
물먹인 세상을
디딤돌 삼아라

말하지 않아도
다 안다

2008년 봄
내 마음의 적소, 동암에서
김재석

차례

5   시인의 말

제1부

15   수선화

16   나무와 새

18   뱀딸기

20   장미와 똥파리

21   백목련 가지가

22   달맞이꽃

24   단풍나무 모텔

26   단풍나무 충전소

28   단풍나무를 보는 두 가지 방법

31   선운사 산수유

32   메밀꽃 필 무렵

34   동백 바다

36   대나무는 가랑이를 벌리지 않는다

38   백련사 앞마당의 백일홍을

제2부

41	몽정
42	춘곤
44	솥단지
46	Busy Father
47	사랑
48	내가 눈독 들인 가시내들은
51	정력 검사실
52	레아수예점
54	인디언 서머
56	한여름 밤의 꿈
58	네팔 여인과의 밀애
60	비아그라는 가라
62	바지
64	한지

66   오타가 별천지로 데려다 주었다

68   그것이 알고 싶다

69   넷맹

70   큰일 났다

71   박병근 씨

72   내일 휴거될지라도

74   꽃싸움

75   수수께끼

제3부

79   섬

80   내리는 눈발 밖에서

82   눈

83   강물

84   아지랑이

85   동백꽃 똥구멍을 빨다

86   개밥바라기

88   어쩌다 바다는 사디스트가 되었나?

90   겨울 영랑생가

92   매월리

93   눈 내리는 해산토굴

94   채석강 노을

96   직소폭포

98   두 개의 섬

100   춘분

제4부

103 선운사
104 불타는 닭갈비
106 무문관 일박
108 무위사
110 도갑사
112 정수사
114 미황사
116 백련사
118 근황

부록 향가 패러디

121   서동요

122   헌화가

123   풍요

124   처용가

125   모죽지랑가

126   안민가

127   찬기파랑가

128   천수대비가

129   원왕생가

130   도솔가

131   재망매가

132   혜성가

133   원가

134   우적가

135   보현십원가

136   칭찬여래가

137   광수공양가

138   참회업장가

139 수희공덕가

140 청전법륜가

141 청불주세가

142 상수불학가

143 항순중생가

144 보개회향가

145 총결무진가

해설

146 무위無爲적 정념, 내속內俗의 서정_ 이명원

166 시대를 넘나든 유쾌한 노래_ 장일구

제1부

수선화

봄날
거웃 사이에
머리를 내민 꽃대가
제법 빳빳하더니

봄비가
만지고 간 뒤에
꽃대가
탱탱 붇더니

더 이상
못 참겠다는 듯
꽃대가
허공에 거시기를 하다니

나무와 새

1
나무들이
곰곰이 서서 생각했다가

천 개의 손으로
글을 써 놓으면

때로
울긋불긋 써 놓으면

새들이
자기 나라 말로

멋지게
번역!

2
나무들이
새들의 노래를 귀담아 들었다가

나뭇가지를
오선지 삼아

각자
나름대로

나뭇잎
음표로

멋지게
편곡!

뱀딸기

눈썹 하나를
빼앗고야
네 몸을 맡기는구나

꽃뱀 한 마리
진홍빛 입술 가득히
머금은 듯,

또 다른 본향에
욕망으로 무르익은
금단의 열매

종신토록 어둠에 살지라
제게 궂은 일
눈감아 주고도 싶지만,

꼬리 없는 말들
눈웃음치는

가시덤불 엉겅퀴 세상

눈썹 하나를
기어이 빼앗고야
네 몸을 맡기는구나

장미와 똥파리

장미꽃 침상에서
똥파리가
짝짓기를 하고 있다

가시 병정들은
보초를 서고 있다

백목련 가지가

하늘의 뒷골목을

어슬렁거리던

눈밝은 매연*이 급강하,

백목련 가지에 올라타

배때기를 파닥거린다

전깃줄 너머, 기와집 너머

개 목걸이 잡아당기듯

누군가 연줄을 잡아당긴다

열이 오른 백목련 가지가

숨을 헐떡이며

연을 놓아주질 않는다

전봇대 위,

무허가주택의 까치가

질투심에 까작거린다

* 매연 : 매(鷹)鳶

달맞이꽃

「달맞이꽃」이라는
제목의 시를 쓴다

―달맞이꽃은
아침에 퇴근하는
여자

모니터에 커서가
식상하다고
계속 눈치를 한다

―대낮의
달맞이꽃은
낮거리 끝낸
남근

그런 대로
참신하다고

커서가

계속 씩씩거린다

단풍나무 모텔

별이
무성한,

나무
모텔들의

부러움을
사는

단풍나무
모텔

한 방울
남자와

한 방울
여자가

단풍잎
침대에서

보란 듯이
한 방울 되는

단풍나무 충전소

1
가을 분화구,
단풍나무 숲으로 들어간다

단풍나무
충전소

충전은
셀프

한 잎 단풍이
나를 코끝부터 들이쉰다

2
한 잎 단풍 속으로
빨려 들어간다

여러 날
눌러앉을까
생각 중

저문 산이
문 두드리자

한 잎 단풍이
나를 바로 토해낸다

단풍나무를 보는 두 가지 방법

1
내게
무슨 생각을 품고 있기에
저리 얼굴을 붉히나

처음 만난 날은
어린애처럼 멀뚱멀뚱
나를 쳐다보더니

이따금 다시 만나도
일없다는 듯
나를 외면하더니

근래에는
눈이라도 마주치면
금방 고개를 떨구더니

오늘은

내게 무슨 생각을 품었기에
저리 얼굴을 붉히나

2
봄날 내내
햇살이
두드려도
응답이 없더니

약이 바싹 오른 햇살이
여름 내내
계속 두드려도
지 볼일만 보더니

세상에,
세상에
어쩌면

저럴 수가

지금은
대청은 물론
안방문까지 열어주고
속옷까지 벗었네

선운사 산수유

선운사 뒤뜰
동백꽃들에
홀린 사람들
정신이 하나도 없네

관음전
담장 너머 산수유
스님들에게
경고등 켜 놓았네

메밀꽃 필 무렵

달밤,
메밀밭에 서 있으면
메밀밭을 껴안는 달빛 속에
물레방앗간이 보인다

얼금뱅이,
아둑시니 허생원
달빛 속 물레방앗간으로 들어간다

별들이 알몸을 씻는 개울,
메밀밭을 더듬는
달빛 숨결이
물레방아 도는 소리에 지워진다

달빛에 젖은 메밀꽃 바라보면
딸랑딸랑 나귀를 끄는
장돌뱅이 허생원과 조선달,
왼손잡이 동이가 뚜벅뚜벅 걸어 나온다

정신없이
메밀밭을 휘젓고 다니는
달빛,
왼손잡이다

동백 바다

– 스트랜딩

백련사 동백숲은
큰 바다

몸뚱이가
빨간 고래들이

바다 밖으로
주둥이를 내밀며

한철을
살다가는

바다가
괄약근에 힘을 주어

아니
빨간 고래들이

물 밖으로
몸뚱이를 투신하는

백련사 동백숲은
깊은 바다

대나무는 가랑이를 벌리지 않는다

해와 달, 별들이
아무리 유혹해도
가랑이를 벌리지 않는다,
대나무는

나무에 제 이름을 새기는
사디스트들에게
겁탈 당할 우려가 전혀 없다,
가랑이를 벌리지 않는
대나무는

누군가의 눈길이
나무들의 가랑이에 닿아
꽃 피고 열매 맺는 것이
부럽지 않은 것은 아니다,
대나무는

몸이

활처럼 휘어져 찢어질망정
누구도 제 몸에 올라타도록
허용치 않는다,
대나무는

생애 단 한 차례
자기 몸에 걸치고 갈
꽃을 위하여
몸에 매듭을 하나씩 더한다,
대나무는

바람이 머리를 잡아 뜯어도
누군가 백지 수표를 내밀어도
가랑이를 벌리지 않는다,
대나무는

백련사 앞마당의 백일홍을

내 영혼이
백련사 앞마당의 백일홍을
스님들 몰래 눈빛에 담아 와
뜨락에 심었더니

다른 꽃나무들이
침 삼키는 소리
꼴깍,
꼴깍

실오라기 하나 걸치지 않은,
내 영혼의 뜨락 백일홍을
백련사 앞마당 제자리에
옮겨 놓고 돌아왔더니

다른 꽃나무들이
투덜대는 소리
젠장,
젠장

제2부

몽정

사람이 덜 된 것 같아
마늘과 쑥을 가까이 했더니
엉뚱하게도
시심詩心이 발기하더라

일을 저지를
마땅한 데가 없어
안절부절 잠이 들었지

팬츠에다
시를 쓸 줄이야!

춘곤

9는
게이

6은
레즈비언

만나면
서로

군침을
흘리는

아라비안
나이트

누구는
둘이

누구는
셋이

숫자들의
침상에서

늘상
씩씩

솥단지

울 엄니 꽃가마 타고 시집 올 때
가리개에 봉긋이 숨은
한때 그리도 탄탄했던 국솥, 밥솥
솥단지 둘 못 쓰게 되었네

아궁이에 불 지피던 지아비 일찍 보내고
조왕신만 믿고 살더니
말년에도 부엌일 손떼지 않는
울 엄니

사립 밖에 나와 밥 묵어라
소리 지르던 울 엄니 대신하여
압력솥이 딸그락딸그락,
밥 묵을 준비하라 신호를 보내네

삶이란 밥하는 것처럼
뜸 들여야 될 때가 있니라 가르치던
울 엄니, 오늘은 뜸 들인 압력솥의

김을 쉬쉬 빼네

지금은 가리개에 숨지 않은
솥단지 둘 차고 다니는
울 엄니, 세상에 못 쓸 것이 어디 있냐
국솥, 밥솥 보란 듯이 출렁이네

Busy Father

전후 궁핍한 시대에
홀로 된 꽃밭들 위로하느라
눈코 뜰 새 없었던
아버지

마흔아홉의 짧은 생애,
이 꽃밭 저 꽃밭 돌보느라
몸을 아끼지 않으셨다

그 꽃밭들 여기저기에서
얼굴을 내민
김 씨네 형제들

아버지는
비지 파더였다

사랑

1
봉투 속에
편지지片紙紙를 넣고
주둥이를
맞추는 거다,
한참

2
껍데기인
내가
알맹이인
너를,
꼭

내가 눈독 들인 가시내들은

내가 눈독 들인 가시내들은
임자가 있더라

가시내들은 뒷간에도
안 가는 줄 알던
아무런 계산속이 없던 소싯적
풀쐐기처럼 툭툭 쏘고
달아나기만 하던 나의 첫사랑,
감꽃 주워 목걸이 만들어 주고 싶던
귀때기에 피가 갓 마른
그 가시내마저도 임자가 있더라

좀더 철들어
은행나무가 마을에 군림하듯
서 있는 집에 살던 그 가시내,
내 마음의 갈피에 은행잎으로
지금까지 남아 있는
이름 끝 자가 란蘭인, 얌전한 고양이가

부뚜막에 먼저 오른다더니
그 가시내도 임자가 있더라

문과대학 시절 도서관에 죽칠 때
소피아 로렌 빼다 박은
암말처럼 덩치가 큰 그 가시내,
백 번 찍어 안 넘어지는 나무 없다고
마음의 도끼 갈고 닦았는데
오르지 못할 나무를 쳐다본 걸까
섣불리 접근했다가는 큰일 날
그 가시내 겁나는 임자가 있더라

내 동작이 굼벵이 같아
선수 치지 못한 탓인지
남들은 못 먹을 감 찔러도 보는데
내 낯짝이 너무 얇은 탓인지
골키퍼 있다고 공 안 들어가는 것 아닌데
임자 있어 순순히 뒷걸음친 내가

너무 억울하게도 시집은 또 딴 데로 간
적어도 한 번은 배가 박처럼 불러 다닐 얌체들

내가 눈독 들인 가시내들은
임자가 있어 봤자더라

정력 검사실

중앙병원에 신체검사하러 와
본관 수납부 벤치에서
순서를 기다리다 뒤쪽 바라보니
이상한 팻말이 내게 눈길을 보낸다

「정력 검사실」

물 담긴 주전자를
아랫도리로 까딱까딱 들어올리며
힘자랑하던
별명이 변강쇠인 고향 친구 생각난다

도대체
정력검사를 어떻게 하는가
가까이 가보니,
제기랄……

「청력 검사실」

레아수예점

– 비오는 날

영화 「메디슨 카운티의 다리」의
여자 주인공 메릴 스트립을
너무도 닮은
레아 씨가 졸음을 쫓아내고 있다

수예점 안으로
막무가내 뛰어들려는
빗줄기들, 유리창에 부딪혀
이마가 깨어진 채 흘러내린다

빗줄기들이
아스팔트에 몸을 버리기 전에
실패에 감아두면 좋겠다,
레아 씨가 졸음결에 생각하고 있다

자기 앞의 광야에서
돌베개를 베고 자는 야곱들을 위하여
빗줄기로 뜨개질을 하면 어떨까,

졸음에 덜미 잡힌 레아 씨가
꾸벅꾸벅 생각하고 있다

세상의 모든 수예점手藝店이
수예점水藝店으로 바뀌면 세상은 어떻게 될까
몽상에 잠긴 레아 씨,
우르르 꽝꽝 천둥, 번개에
고개를 번쩍 든다

인디언 서머

계절이 가던 길
잠시 뒷걸음치기도 하는 시월,
첫기러기가 단풍잎 편지를 배달해 주었다

발신인은
첫사랑

그녀의 책갈피에
아직도 내가 꽂혀 있는가

아내 몰래 들여다보는
단풍잎 편지

그녀의 생의 계절은
인디언 서머

한참을 뒷걸음쳐
돌담 옆 단풍나무 아래서

열여섯 살 소녀와 마주치고 싶구나

* 인디언 서머 : 북아메리카에서 한가을에서부터 늦가을 사이 비정상
  적으로 따뜻한 날이 계속되는 기간

한여름 밤의 꿈

― 죽부인과 보낸 한 철

풀벌레 울음이 범람하는
여름밤, 조강지처인 마누라가
아직도 한참인 내게 삼베 요와
죽부인을 들여보내
서로 딴방 거처를 하느니
죽부인을 맞이하고 헤헤 입 벌리는 나는
죽부인의 유혹을 떨쳐버리느냐,
못 떨쳐버리느냐
마누라의 실험의 대상이 아니면 뭐겠는가
멀뚱멀뚱 쳐다보는 죽부인과
사내가 처신머리 없이 벌렁 드러눕기도 뭐하고,
서먹서먹하니 사나흘 등 돌리고 지내다가
잠결에 내 발이 담장을 넘듯
죽부인의 몸에 슬쩍 올라간 것 같은데
그날 이후 대낮이고 밤중이고
죽부인이 내 품에 쏙쏙 안겨드는 것이 아닌가
세상에, 세상에 아무리 내 마누라가
잠자리를 허용하였다 할지라도

때와 장소는 가려야 되지 않는가
그러다 아녀자들 입방아 찧는 날이면
그게 염문이지, 멋진 말로 스캔들이지
복날 먹은 삼계탕도, 보양탕도
다 죽부인에게 가니
댓잎처럼 엉덩이 푸른 사내애 낳아줄 양인가
조강지처도 버리고 죽부인에게 푹 빠진 한 철
내 몸 여기저기에서 죽순이 솟아나
깜작 놀라 잠에서 깨었는데,
마누라가 올 누드로 자고 있는 것이 아닌가

네팔 여인과의 밀애

요즈음
나는 네팔 여자와 밀애 중이다
책들이 서로 유식하다 뻐기는
나의 서재에서
카투만두 출신 여인이
나의 아내를 안방에 따돌리고
나와 사귀고 있다
피곤에 지쳐 책상에 얼굴을 묻은 날
잠결에 나타나
나를 눈멀게 한 네팔 여인
나는 그녀를 안나푸르나라 이름 지었다
나의 아내인 안나와 동명인
카투만두 출신 여인,
내가 무심결에 안나푸르나를 부르더라도
아내는 자기를 부르는 줄 알 것이다
늦은 시간에 불을 끄고 나가려면
나마스떼!* 내게 속삭이며
의자에 나를 도로 앉히는

안나푸르나

책들이 뻔히 쳐다보고 있는데

내 등 뒤에 서서

내 가슴에 손을 얹다가

나중에 내 가슴에 얼굴을 파묻는

안나푸르나

아내의 발자국 소리 들리면

서재 구석진 곳 두루마리 캔버스로

순식간에 사라지는

안나푸르나

집에 데려온 나의 아내를 배신하고

전전긍긍,

언제까지 나와 밀애를 즐길 것인가

* 나마스떼 : 나는 당신 안의 신을 숭배한다

비아그라는 가라

비아그라는 가라
이 땅은 양기가 충만하니
비아그라는 가라

비아그라는 가라
이 땅은 조선 마늘이
두 눈 멀쩡하게 뜨고 있으니
비아그라는 가라

지게 목발보다 못한,
겉은 사람이어도
속은 아직 당당 먼 놈들이
찾을 것이나
비아그라는 가라
단군이래 조선 천지에
양기를 되찾는 데는
조선 마늘이
명약이니

비아그라는 가라

새로운 천년에도 조선 마늘이

이 땅의 양기를 북돋아 줄 터이니

모든 부정한 것들은 가라

* 신동엽 시인의 「껍데기는 가라」를 패러디

바지

바지의 지퍼 밑에는
그 잘난 주책바가지가 살고 있다
물론 그곳은 우주의 중심인 배꼽에서
한 뼘 정도 되는 곳이다
보란 듯이 얼굴을 내밀고 있는
주책바가지를 세상 곳곳에서
숭배하고 있는 것을 보았을 것이다
토론토의 온타리오 박물관에서
몸이 잘린 주책바가지를 본 적이 있다
누구인가 아들 낳기를 바라
주책바가지를 잡아먹었는지 모른다
사우나에 가면 주책바가지들이 즐비하다
치마 씨의 마음을 사로잡으려
이마에 장식을 한 주책바가지에
나오는 웃음을 참느라 애를 먹었다
우리의 부러움을 사는 주책바가지의
코가 반드시 큰 것도 아니다
내가 아는 바람둥이 주책바가지는

번데기, 번데기였다
치마 밑 분화구를 달랠 수 있는 것은
주책바가지뿐이라는 것을 아는가,
그것도 얌전한 주책바가지가 아니라
성난 주책바가지라는 것을

한지韓紙

몸에 푸른 피가 도는

이 한지는 한때

해와 달, 별빛이 찾아와

문 두드리면, 문 열어 줄까 말까

망설이던 나무였으리

푸른 피 속에 새들의

노래 떠다니는 이 한지는

해와 달, 별빛이 문 두드리다

속상해 돌아가려면

못 이긴 척 문 열어주던 나무였으리

새들의 노래에 해와 달, 별빛이

묻어있는 이 한지는

배때기를 엎치락뒤치락

바람의 손길에 몸 둘 바 모르는

킥킥거리는 잎새를 단 나무였으리

지금 내 눈길을 하염없이 바라보는

이 한지는 나무였으리

해와 달, 별빛이 구애하면

잠시 시치미 떼다가,
안방문까지 열어주던

오타가 별천지로 데려다 주었다

http://www.kbs.co.kr과
http://www.mbc.co.kr 사이에
별천지가 있다

사이버 중독자인 말띠 여직원이
"어머나, 어머나" 팔짝 뛰다
모니터를 껴안기에
본의 아니게 나도 알게 되었다

오타가
그녀를 별천지로 데려다 주었다

kbs와
mbc가
서로 부둥켜안은
또 하나의 헤르마프로디토스*

첫 글자와

마지막 글자에

별천지로 가는 비밀의 통로가 있다

−19세 미만은

출입금지

* 헤르마프로디토스 : 남성과 여성의 성징을 함께 가지고 있는 사람

그것이 알고 싶다

1
슬픔의 눈물과
기쁨의 눈물의 성분은 어떤 차이가 있을까

수캐가 발정 난 암캐를 보고 삼키는 침과
맛있는 음식을 눈앞에 두고
삼키는 침의 성분은

2
투견장에서 힘이 부친 놈이
꼬리를 내리며 물건을 가리는 까닭은

참혹하게 물려 패배한 개의 물건이
갑작스레 기어나와 버리는 까닭은

그것이 우리가 흔히 쓰는 좆나게와
어원적으로 어떤 상관관계가 있는 건 아닐까

넷맹

익스플로러와 내비게이터가

넷맹은 서러워

모니터에 포르노그라피가 뜨면

핫도그 하나 먹고

정액 같은 우윳빛 군침을 사정없이 흘렸다

* 서정주의 「문둥이」를 패러디

큰일 났다

진달래빛 옷을 걸친
여인을 보면
등덜미를 붙들고 싶고

능소화빛 옷을 걸친
여인을 보면
가슴에 코를 박고 싶고

정말,
큰일 났다

오동꽃빛 옷을 걸친
여인을 보면
둥지를 틀고 싶고

박병근 씨

한때
노래방 주인인 박병근 씨는
여자를 보면
중얼거린다

20,000원,
25,000원

술값 시비로
왕인 손님의 콧대를 꺾어
노래방을 그만 둔 박병근 씨는
여자를 보면
중얼거린다

1차,
2차

내일 휴거될지라도

내일 휴거될지라도
오늘 낮에는 이마에 땀을 흘리고,
밤에는 마누라를
아니 서운케 해줘야지

누구는 구름을 타고, 공중으로 들리어
조급하게 주님을 만나겠다며
직장도 버리고 재산도 헌납하고
기도원으로 갔다지

나는 지상에 살면서는
지상의 것을 누리고
저승에 가서는
저승의 것을 누려야지

갈 길이 어려울 때
착한 사마리아인 같은 이들을
만나기도 하지만,

설상가상 야바위꾼을 만나기도 하지

휴거될 날과 시간은
하늘의 천사들도 모르는 일,
주님의 말씀을 기름 삼아
영혼의 등잔이나 채울 일이지

내일 휴거될지라도
오늘 낮에는 가시덤불 엉겅퀴를 헤치고,
밤에는 마누라를
아니 서운케 해줘야지

꽃싸움

내가 소주병을 이빨로 까기 전에는

기웃거리는 나를

그들은 거들떠보지도 않았다

내가 소주병을 이빨로 깠을 때

비로소 그들이

나를 꽃싸움에 불러주었다

그들이 나를 꽃싸움에 불러준 것처럼

언제 어디서든 판이 어우러지면

나를 꼭 불러다오

잃든 따든 밤새도록

꽃싸움을 만끽하고 싶다

십구 세 이상인 자들만

나를 불러다오

고스톱이든, 삼봉이든

만반의 준비가 되어 있으니 불러만다오

* 김춘수 시인의 「꽃」을 패러디

수수께끼

밥상에 음식은
골고루
먹을수록 좋습니다

이것은
편식일수록 좋습니다

이것은
무엇일까요?

답은
다음 쪽
하단에 있습니다

수수께끼 답 : 여자 혹은 남자

제3부

섬

한 달에 한 차례
여지없이
용암을 분출하는
섬이 있다

누군가 노 저어오면
뒷걸음치기도 하는
섬

나는
돛대를 세우고

그 분화구에 뛰어들고 싶다

내리는 눈발 밖에서

- 月仙里 대숲

눈발들이,
제 감정을 숨기지 못한 눈발들이
막무가내
대숲으로 달려든다

누구도 눈치 채지 못하게
드러눕지 않고
달빛과 재미를 보던
댓잎들이

바람의 손길에
온몸으로 거절을 하던,
때론 성깔을 부리며
등 돌리던 댓잎들이

멀리서 하늘 저 멀리서
숨 가쁘게 달려온
눈발들의 구애, 뿌리치지 못하고

드러눕는다

막무가내 대숲에 달려드는
눈발들 향하여
까치들이 까작거린다,
못 보겠다는 듯

눈

오줌보가 퉁퉁 붇도록
잠자리에 누워 있다,
마당에 나가니
소식도 없이 눈이 왔다

말 한 마디 없이
땅을 껴안고 있는
앙큼한 눈의 등,
첫사랑의 이름을 써본다

김 영 수…,
다 쓰기도 전에
몸이 엥꼬 당한 듯
오줌발이 뚝뚝 끊긴다

그래,
내가 첫사랑을 이루지 못한 것은
흰 봉투에 수신인을
제대로 쓰지 못한 탓이구나

강물

강물이 끊기지 않고
바다와 몸 섞는 비결을 알겠다
앞강물이 뒷강물 업어 주면
앙큼한 뒷강물에게
겁탈 당한 앞강물이
새로운 강물 낳는 것을 보니
그 강물이 뒷강물 또 업어 주고
서로 맘이 동하여
또 새로운 강물 낳는 것을 보니
그 짓을 한없이 되풀이 하다가
어느덧 바닷물과 몸 섞은 강물이
연꽃처럼 배불러지는 것을 보니
바다와 한 몸이 돼서도
그 버릇 버리지 못하고
먼데까지 나아갔다가
하루에 두 차례 강어귀에
다시 찾아와 웅성거리는 것을 보니
강물이 바다와 숨을 헐떡이며
몸 섞는 비결을 이제야 알겠다

아지랑이

하늘에서
떼거리로
마실 나온
눈발

지상의
품에 안겨
너무
뜨거워지더니

돌아갈
생각을 않고,
무장무장
가슴을 파고들더니

이제는
보란 듯이
아이들 손 잡고
친정에 가네

동백꽃 똥구멍을 빨다

모란꽃
배가 부른
영랑생가

햇볕 잘 드는
장광 뒤
동백나무

동백꽃 몇 송이 따
똥구멍을
쪽쪽

뜬금없는 소리에
귀 기울이는
대밭

눈이 휘둥그러지는
꽃나무와
들꽃들

개밥바라기

눈은
초롱초롱

어디 한 군데
빈 데가 없는데

꼭,
밥 먹을라치면

문 열어 놓고
밥 좀 먹을라치면

어느새 냄새 맡고
얼굴 내미니

인물 훤한 것으로는
데릴사위 삼아도 좋으련만

남의 집 밥상 들여다보는
저 놈의 근성을

죽어도
못 버릴 텐데

철부지 딸은
죽고 못 사니

어쩌다 바다는 사디스트가 되었나?

산골물이던
소싯적,
버들개비와
한참을 어울려도
말썽 한 번
안 피우던
놈이

시냇물로
이성에
눈 뜬 시절
사랑하는 이에게
말 한 마디
건네지 못한
놈이

강물이 되어
마침내

이룬 사랑에
너무도 황홀하여
정신을
잃을 듯하던
놈이

겨울 영랑생가

모란도
감나무도
숨죽이고

황포돛대였던
은행나무도
숨죽이고

돈나무의
눈빛만
혁혁하다

동박새의
조강지처였던
동백나무

동박새
쫓아내고

직박구리

새서방 맞이하다

매월리梅月里

등대가 당당히 서 있는 시하도가 보이는

화원면 매월리 서씨네 별장에

매화가 벙글었다

유두인 듯 밤새 달빛이

만지작만지작, 많이 토실토실해졌다

바다의 신음 소리에 잠 못 이뤄

마당에 나와 등대의 불빛에

오래 눈길 준 서씨가

꽃봉오리를 보며 묘한 웃음을 짓는다

묵정밭의 코딱지나물* 쫓아내느라

정신없는 마을 아낙들

고개를 쳐든 홍자색 꽃을 보고

거시기 같다, 비금댁이 농담을 한다

그 소리를 들은 주변의 산들이

대체 그렇게 보인다며

멀리 시하도 등대를 바라본다

* 코딱지나물 : 광대식물

눈 내리는 해산토굴[*]

여닫이 앞 바다를 대처 삼은

해산토굴에 눈이 내린다

처음에는 머뭇머뭇 내리더니

나중에는 눈치 보지 않고 내린다

첨벙 소리 한 번 내지 않고

연못에 줄지어 투신하는 눈

감나무 젖꼭판인 감꼭지마다

입을 갖다대는 눈, 법구경 몇 구절로

석탑에 이마를 부딪치는 눈

꿈길에 추사를 만나러 갔다가

뱃멀미로 얼굴이 핼쑥해진

해산의 눈길 속 추사체로 뛰어드는 눈

바다를 지워, 마을을 지워

세한도 한 점 낳는다

적멸보궁을 꿈꾸는 토굴,

똬리 푼 해산이 소처럼 웃는다

* 해산토굴海山土窟 : 작가 한승원 님의 작업실

채석강 노을

동정을 잃었네,
두 눈 멀쩡히 뜬 채

만지기만 해도
만 권의 책이 무너질 것 같은
채석강,
바위 웅덩이에서

선혈이 낭자한
서쪽 하늘

서로 자기 탓이 아니라고
발뺌을 하는
변산반도의 산봉우리들

동정을 잃었네,
나의 오른손 집게손가락이
말미잘에게

내소사 범종 소리에
마음을 가라앉히는
채석강

벌거벗은
나의 집게손가락이
선혈이 낭자한 하늘로
꼼지락거리네

직소폭포

직소폭포가 벌거벗은 채로
비스듬히 누워 있다

콸콸 쏟아내는 물줄기에
밤새 잠 못 이룬
내변산 산봉우리들,
눈꺼풀이 무겁다

밤새 쏟아내고도
힘이 꺾이지 않는
직소폭포의 음기

아침부터 아랫도리가
바싹 달아오른
내변산 산봉우리 몇,
서로 눈치만 살피고 있다

직소폭포의 음부를 쳐다보고 있는

가까운 산봉우리들,
몇의 낯빛이 뜨겁다

직소폭포에 올라타
씩씩거리는 그들의 눈빛을
직소폭포가
저만치 내동댕이친다

두 개의 섬

코를 고는
밤바다

몸을
뒤척이는

나는
만선滿船

목마른
수평선

욕망이라는
내 짐을

안전하게
하역할

두 개의
섬

춘분

- 花開에서

한쪽 귀로는
쌍계사
산골물의
법문 듣느라

한쪽 귀로는
섬진강
엉덩이 들썩이는
소리 듣느라

산수유,
매화
다들 정신이
없네

제4부

선운사

내 품에 한 번
안겨 보지도 않고
나를 단단히 풀어먹은
계집이 있더라

소문에 의하면
그 요망한 계집
반쯤 열린 동백꽃을
빼다박았다더라

계집에게 버림받고
내 품에 안겨 하소연하다
동백숲에 숨어
울다간 사내도 있더라

눈물 많은 그 사내
가슴 넉넉한 섬진강 근처에서
아이들 가르치며
그 계집 가슴에 묻고 산다더라

불타는 닭갈비[*]

불타는
왜 닭갈비가 되었을까

소갈비가 아니고
닭갈비가 되었을까

큰 소용은 못 되나
버리기는 아까운
계륵鷄肋으로 오해 받기 쉬운
닭갈비가 되었을까

불타는
닭갈비

둥근 철판에
당근, 양파, 대파를 거느린
불타는 닭갈비가 되어
중생들의 입맛에 놀아나는 걸까

진리의
수레바퀴인

불타의 뼈는 다 어디 가고,
불타는 뼈 없는 닭갈비가 되었을까

* 불타는 닭갈비 : 음식점 이름

무문관無門關 일박

- 白蓮寺에서

전문가가 한철을 똬리 틀어도
감이 올똥말똥 하거늘
봄날, 하룻밤에
벼락치기 공부를 하다니

지명에도
이따금 몽정을 일삼는
나의 삶은
진품인가, 짝퉁인가

이 밤은
지금 어디로 가고 있는가

잠자리에 든 내 몸에 달라붙는
수만의 동백꽃들
가까스로 떨쳐내니
소쩍새가 문을 두드린다

서쪽,
서쪽

무위사*

월출산 산자락,
뼈대 있는 집안 출신인 무위사는
알 수 없는 계집이다
순진한 나를
기둥서방 삼을 듯 유혹했다가
마음이 바뀌었는지 사천왕 시켜
딴 생각 못하도록
잔뜩 겁을 주는 무위사는
도무지 알 수 없는 계집이다
도량에 들어서면 일없다는 듯
우담바라 한 송이 들고
정숙하게 앉아 있는 무위사는
알 수 없는 계집이다
때론 착각할 정도로
볼 것 못 볼 것 다 보여주면서도
죽어도 만지지 못하게 하는 무위사는
도무지 알 수 없는 계집이다
자주 만나다 보면

손목 한 번 잡혀 줄만도 한데
곧 잡혀 줄 것 같으면서도
막판에 가서는 언제 그랬냐는 듯이
시치밀 뚝 떼는 무위사는
알 수 없는 계집이다
순진한 나로 하여금
잔뜩 부풀어 숨만 헐떡이다가
무위로 아무 것도 얻지 못하고
제풀에 죽어 떠나게 하는
매정한 무위사는
도무지 알 수 없는 계집이다

* 무위사無爲寺 : 전남 강진군 성전면 월하리에 소재

도갑사*

월출산 산행 길에 처음 만났을 때
참한 계집 하나
순식간에 버리겠구나 생각했는데
십여 년이 지나도 끄떡없구나
도갑사여, 내게 가르쳐다오
뭇 사람들의 손길을 그리 타고도
손끝 하나 더럽히지 않는 비결을
저자거리에서 뒹굴듯
속세에 그리 가까이 있으면서도
순결을 지킨 비결을
입을 꽉 다물고 있는 도갑사여,
오늘은 석조에 물 한 잔에
한때 너무도 아깝다 생각했던
석조에 넘치는 물이 제 몸을 버려야만
석조가 새 물을 받아들이고
더욱 넘치는 물이
제 길을 찾아 만나는 인연마다
목을 적셔 준다는 것을 깨닫는구나

하지만 천황봉 정상에 오르더라도
산 너머 천황사에 다 다다르더라도
너를 잠시도 떨쳐버리지 못할 것 같구나
도갑사여, 입장 곤란하면
훗날 은밀히 찾아올 테니
내게 가르쳐다오
모든 것을 다 주고도
몸 하나 버리지 않는 비결을

* 도갑사道岬寺 : 전남 영암군 군서면 도갑리에 소재

정수사*

단 몇 차례 연애가 아니라

조강지처 삼아도 좋을

정수사, 저 계집을 몰라보았다니

내 눈이 멀어도 한참 멀었구나

나쁘닥이 좀 반반한 계집치고

임자 없는 계집이 없고

정숙하다 싶은 계집도

똥구멍으로 호박씨 까드라만

저 계집은 별다른 데가 있어

전란으로 거의 다 잃고 남은 살림은

대웅전, 나한전 얼마 안 되지만

한때 호의호식했음에 틀림없어

목숨을 걸어도 좋을

정수사, 저 계집을 턱밑에 두고

불혹이 넘도록 헛물만 켜고 다녔다니

내 영혼이 한심하구나

이제라도 저 계집의 마음을

사로잡고 싶지만

저 계집의 눈길을 끌 만큼
나는 어디 대단한 데가 있는가
호의호식 시켜 주지는 못할지라도
세 끼 밥을 굶기지 않을 만큼
나는 밑천이 든든한가
더욱 내 차지 되도록
뭇 사내들이 이제까지 가만 두었을까

* 정수사淨水寺 : 전남 강진군 대구면 용운리에 소재

미황사[*]

저물어도 곱게 저물었구나
달마산 병풍 바위 아래
안방 마님처럼 앉아 있는 미황사여
먼 데 있는 벗을 만나러 가듯
땅끝 가다 잠시 들렀다마는
소문대로 절세가인이구나
조강지처 몰래 한눈 팔아도
죄가 되지 않을 기회가
생애 딱 한 번 주어진다면
곧장 달려와 너를 껴안으리
아니 네가 허락만 한다면
지금 당장 죄라도 짓고 싶구나
딴마음 먹지 말고
물이라도 마시고 돌아가라는 듯
그러고도 체할까 봐
돌확에 나뭇잎까지 띄어 놓은 미황사여
오늘은 여기저기 물봉선화로 수놓은
법구경法句經 몇 구절

가슴에 물들이고 돌아간다마는
무슨 핑계를 대서라도
조강지처 몰래 들러
너의 옷자락이라도 만져야겠구나
땅끝, 바로 지척에서
뭔 일로 이리 발길이 더디냐며
기다림에 지친 파도가
노골적으로 닦달하지마는
자꾸만 자꾸만 눈길을 머물게 하는
미황사여

* 미황사美黃寺 : 전남 해남군 송지면 서정리에 소재

백련사*

기어코, 올 겨울에는

일을 저질러야지

숯불 같은 꽃을 피우고 있는 동백나무와

무수한 갈대 병정을 거느리고 있는 백련사가

몇 마디 나의 감언이설에 넘어갈 리는 없겠지

그 동안 수차례 찾아갈 때마다

말 한 마디 붙이지 못하고

눈인사만을 주고받은 나의 구애를

산전수전 다 겪은 백련사가 받아줄까

갑작스런 나의 구애에 당황한 백련사가

점잖은 분이 그러시면 안 된다고

정색하며 달려들면

무안 당한 내가 잠시 뒷걸음칠지도 모르지

산문에 들어서는 자를

노골적으로 윽박지르는 사천왕도 없이

모든 이에게 마음의 문을 열어준

백련사와의 몇 차례의 눈인사를 내가

단단히 오해하고 있는 건 아닐까

그런다고 순순히 물러설 수는 없지
성질 급한 어느 놈이 일을 저지르기 전에
말로 구슬려 듣지 않으면
미친 척 하고 내가 먼저 일을 저질러야지
연일 폭설에 가위눌려 인적 끊긴 날
눈밭 속에 잠행하여
한바탕 야무지게 뒹굴어
연꽃 한 송이 피워내야지

* 백련사白蓮寺 : 전남 강진군 도암면 만덕리에 소재

근황

내가
발붙이기에 세상은
너무도 청정,
만사 눈부시다

모르는 여자의
자궁을 빌려
한 열 달 편히
쉬었으면 좋겠다

남의 속도 모르는
어느 놈이
내 삶에
똥침을 놓는다

잡히기만 하면
가만두지 않겠는데
돌아보니
아무도 없다

향가鄕歌 패러디

서동요 薯童謠

저 잘빠진 계집은

조폭의 애인,

잘못 눈독 들이다가는

누구든 목숨을 부지하지 못하네

헌화가_{獻花歌}

물 빠진 이 늙은이에게
사랑의 나무를 심을 기회를
한 달에 한 번만 주신다면
아파트도, 오피스텔도 다 사 주리

풍요風謠

들었네, 들었네, 들었네
들었네, 울긋불긋 단풍이
노래방의, 단란주점의, 룸살롱의
욕정에 굶주린 중생의 아랫도리에

처용가處容歌

달의 행방을 알 수 없는 밤

술에 절여 돌아오니

기가 센 마누라가 바가지네

마누라 팔아 한 밑천 잡아볼까

본디 내 것이 세상에 어디 있는가

쓰다가 다 두고 가는 것을

그것은 죽 떠먹은 자리

눈 한 번 딱 감고

어느 놈 한 번 등쳐볼까

모죽지랑가 慕竹旨郎歌

한때 잘 나가던 봄날
배추 잎사귀 담긴 사과상자가
나의 발목을 붙들어
문전성시를 이루었네
또한 바지 가랑이에
계집이 주렁주렁,
바지를 추켜올리느라
정신이 없었네
토사구팽 兎死狗烹 당하여
감방에 몸을 눕히니
이제 다 썰물이구나

안민가安民歌

남자는 하늘이고
여자는 땅이라
자식은 하늘과 땅의 열매라,
잠자리가 편해야지

열매가 한 해에
너무 많이 열리면
해거리하니,
방아도 적당히 찍어야지

아, 남자답게 여자답게 자식답게
산다면
가화만사성家和萬事成,
나라도 태평성대를 누리리

찬기파랑가讚耆婆郎歌

모니터를 켜자

몸매가 늘씬늘씬한 계집들이

비키니 차림으로

떼거리로 줄 서 있어라

안전에 마누라는 아랑곳없이

과전瓜田에 있는 마음이

침을 흘리네

비키니마저 내던져 버린다 해도

그림의 떡,

내가 따먹을 외는

조강지처뿐이네!

천수대비가 千手大悲歌

백일 아니
더블 백일 기도를 올리겠으니
사내 구실 좀 하게 해 주소서
때 절은 농투성이라
나의 웅녀가 찾아오질 않네요
흔하고 흔한 게 계집이어도
나의 절구인 계집은 없네요
어느 계집을 찍어야 할지
헷갈리지 않게 가리켜 주소서
뒷산 뻐꾸기 울음에
앞 강물이 엉덩이를 들썩이면
나의 아랫도리가 가만있질 않네요

원왕생가願往生歌

내 창가에
닻을 내린 달님이여,
내가 닻줄을 타고 올라갈까요
그대가 닻줄을 타고 내려오실래요
눈이 초롱초롱한 별들에게
들통나지 않고,
문고리를 걸어 잠그기가
쉽지 않을 것 같네요
머지않아 닻을 거둘 달님이여,
내가 강물이 되어 출렁거릴 테니
그대가 다녀가십시오
둘도 아닌 단 하나,
나의 소원 들어주는 것이
서방정토이자 왕생往生 아니겠습니까

도솔가 兜率歌

무얼 그리 두려워하느냐
해와 달도 가끔 딴 세상에
한눈 팔다 오지 않느냐
두려워 마라
숨겨 논 서방도 있는데
숨겨 논 계집도 있는데

제망매가祭亡妹歌

살고 죽는 것이
잠자리를 할 수 있느냐,
없느냐의 차이라면
욕될 말이겠지
너의 절굿공이인
네 서방은 어이하라고
네 맘대로
생을 마감하였느냐
저승에서
만날 날까지
목욕재계하고 기다려라

혜성가 彗星歌

쏜살같이
사라지는 저 혜성은
어느 계집한테
한눈 팔린 것일까
조강지처 버리고
뭐가 저리 급해
하늘의 뒷골목으로
사라지는 걸까
꼬리가 길면 잡히거늘
꼬리가 길지 않아도
때론 잡히거늘

원가 怨歌

둘이 하나 될 때는
호수에 달과 별이라도
건져내 줄 듯 하시더니
떠난 뒤 얼마나 됐다고
벌써 잊으셨나요
호수에 달과 별은
여전히 피어나건만,
그대는 누구와
다시 하나 되셨나요

우적가 遇賊歌

한 번 달라하면
두 번도 줄 수 있소
막무가내 힘으로
나를 윽박지르려 마오
누구도 믿을 수 없는
요즘 같은 세상에
장화도 신지 않고
진 데를 밟으려 하오
자, 자신 있거든
밟아보오,
내가 나를 믿을 수 없으니
악덕을 쌓을까 두렵소

보현십원가普賢十願歌

– 예경제불가禮敬諸佛歌

일체 중생은

자기에게 없는 것을 찾아

떠돌아다니니

찾고 나면 그때 정착을 하니

심지는 수미산이요

기름은 큰바다라*

자기에게 없는 것을

구하지 못한 자는

구세九世 내내 떠돌아다니니

시방十方 삼세三世에 계신

닳지 않은 심지이자

마르지 않은 기름인 부처님이여,

법당에 못 박여 절하옵나니

그 비결을 가르쳐 주소서

* 심지는 수미산 기름은 큰 바다 : 廣修供養歌에 나오는 구절

칭찬여래가 稱讚如來歌

손 끝 하나 대지 않고
타오르는 심지와
펄펄 끓는 기름을 잠재우는
아미타불이여
마음의 병을 고치는
의왕醫王이여,
서방정토에만 계시지 말고
이승에 한 번 다녀가시는 것이
어떻겠습니까
이미 와 계시는 것을
저만 모르는 겁니까
저의 병이 구제불능이여
모른 체 하시는 겁니까
저의 육체의 집에
못 이긴 척
한 번 들렀다 가소서

광수공양가 廣修供養歌

심지인
수미산은 기름으로
기름인 큰바다는 심지로
달래야 하리
법계에 가득 차신 부처님은
닳지 않는 심지로,
마르지 않는 기름으로
수미산도 큰바다도
달랠 수 있으리
마냥 불러도 응답이 없으신 것은
티끌 속에 부처님을 들어앉히려는
나의 법공양 法供養 이
티끌 속의 티끌인 탓이리

참회업장가懺悔業障歌

심지 하나로

남의 바다까지

넘본 죄를 용서하소서

삼업三業의 포로가 되어

몸과 마음에 한 꺼풀 두 꺼풀

덧칠하여 살이 된 악업惡業을

무얼로 씻어 내리까

살을 군고구마 벗겨 내듯

벗겨 내지 않고는

정계淨界의 문턱에도 이르지 못하리니

다른 것 못 지켜도

남의 바다는

이제라도 넘보지 않으리

수희공덕가 隨喜功德歌

고삐를 들고
내가 소 발자국을 찾을 때
누가 고삐를 들고
소 발자국 속의 나를 따라올 때
고삐를 거부하는 마음은
한 가지이지
넘보기 어려운 선업 善業은
내가 쌓은 거나
남이 쌓은 거나
마냥 한 가지일까
질투하는 마음은
수미산 너머로 날려 보내리
큰바다 밑으로 가라앉히리

청전법륜가 請轉法輪歌

나의 번뇌의 뿌리가
어디에 닿아 있나
여러 날 궁리해 보았더니
나의 심지인 수미산이네
그렇다고 번뇌를 무 뽑듯
뽑아낼 수는 없지
수미산이 큰바다를 달래주는
선근善根이라 생각하니
오히려 마음이 편하네
나의 번뇌의 밭에
법우法雨가 쏟아진다면
보리菩提의 싹이 무성하리

청불주세가 請佛住世歌

자신의 볼일만 보고
이제 일없다
돌아서는 사내처럼
떠나시렵니까
심지가 켜 있을 때나
꺼져 있을 때나
한결 같은 부처여!
아직도 저희들은 볼일이 많으니
저희들이 일없을 때까지
떠나지 마소서
내 마음의 못에
불영佛影 얼비치지도 않으니
전신을 드러낼 때까지
정녕 떠날 생각 마소서

상수불학가常隨佛學歌

불도佛道의 길을 가는데
지름길을 쫓지 않으리
일찍 일을 끝내고 나면
딴 생각에 몸과 마음을
다시 더럽히니
설익은 득도得道가 일을 저지르니
아니 불도의 길이
어디 따로 있으리
심지가 다 닳기 직전까지
오직 한 바다를 달래어 주리

상수불학가常隨佛學歌

항순중생가恒順衆生歌

모두 다 성불하여

불전佛田을 갈고 닦지 않으면

누가 불전의 김을 매고

누가 씨 뿌려 열매를 거두리

고삐 풀린 망아지가

불전을 망치면

누가 또 고삐를 잡아매리

모두 다 성불하더라도

나는 이승에 남아

불전을 지키리

마음씨 좋은 누군가가

임무교대 해주는 그 시간까지

나는 중생의 자리를 지키리

보개회향가普皆廻向歌

일찍 성불成佛하는 것은

생의 직장에서

명예 퇴직하는 것이니

잘못 풀렸다가는

폐계 취급 받기 십상이니

성불한 후에 무엇을 할까

그렇지, 중생의 바다에서

손 내미는 자들의

손을 잡아 주어야지

중생의 바다에

다시 몸을 적실지라도

허리 구부려 손잡아 주어야지

총결무진가 總結無盡歌

꽃이
나비를 부러워하고,
나비가 꽃을 부러워하듯
누구든 모든 것을 다 지닐 수 없나니
성불하면 더 좋고
성불 좀 못하면 또 어떠냐
가는 데까지 가보다
안 되면 그 자리에 주저 않는 거지
더욱 성불이 어디 따로 있냐
큰바다를 만족시키려
수미산은 여위어 가고
수미산을 달래려
큰바다는 서두르는 것
끝장을 볼 때까지
서로 애를 쓰는 것이 성불이지

무위無爲적 정념, 내속內俗의 서정

이명원(문학평론가)

　　김재석의 이번 시집은 정념으로 충만해 있다. 상황의 측면에서 시인의 시선이 닿는 모든 시적 대상들은 시인의 가장 내밀한 마음의 움직임을 빼앗을 듯 유혹하는 것처럼 묘사되지만, 사실 대상들에 대한 유혹의 눈길을 던지고 있는 것은 시인 자신이다. 그러면서도 시인은 이 대상들에 완전하게 자신의 욕망을 뒤섞지는 않는다. 차라리 사정은 망설임에 가깝다. 오히려 시인은 그 망설임 때문에, 내부로부터 분출되는 욕망의 강렬함에 괴로워하는가 하면, 서둘러 시적 대상으

146

로부터 시선을 걷어내겠다는 결심을 내보이기도 한다. 대상의 유혹은 강렬하고, 그것을 유혹으로 느끼는 시인의 마음도 봄꽃처럼 활짝 열리지만, 대상과 시인 사이에는 아슬아슬한 관조의 거리가 좁혀지지 않는다. 이 좁혀지지 않는 거리 때문에, 시의 긴장감이 발생한다.

그러나 그것은 어떤 인위적인 금지의 뉘앙스와는 무관한 것이다. 반대로 이러한 시인의 시적 태도는 무위無爲에 가깝다. 이 무위는 오늘의 일상 속에서는 흔해 빠진 작위적인 욕망의 자가발전과는 그 질과 형태를 달리한다. 대상의 표면을 반사하는, 영원히 만족을 지연하는 성애적 페티시즘의 존재방식과는 달리, 김재석의 시적 정념은 그 대상의 외관이 아닌 내부를 향해 있다. 대상의 마음과 시인의 마음은 혼연일체라는 말이 딱 어울릴 정도로 뒤섞이다가, 다시 분리되는데 그 분리가 가져오는 것은 팽팽한 평정이다. 그 평정은 대상과 시인과의 거리가 완벽하게 이격되지도, 그렇다고 해서 거리가 완전히 지양되지도 않는 긴장감을 유지한다. 이러한 거리의 긴장이 시적 긴장을 연출하고, 그것이 김재석의 정념적 에로티시즘의 품위를 유지하게 만드는 중요한 요소이다. 아래 시를 보라.

한쪽 귀로는

쌍계사

산골물의

법문 듣느라

한쪽 귀로는

섬진강

엉덩이 들썩이는

소리 듣느라

산수유,

매화

다들 정신이 없네

─「춘분─花開에서」 전문

　위의 시에서 시인은 산수유와 매화가 정신이 없다
고 말한다. 이 꽃들이 정신이 없는 것은 봄날의 터질
듯한 나른함 때문이겠지만, 사실 정신없는 것은 꽃들
이 아니라, 그 꽃을 완상하고 있는 시인 자신이다. 이
꽃핀 날의 정신없음은 실제로는 봄날의 에테르와 같
이 퍼져 있는 정념의 깨어남과 개화開花를 만끽하는
꽃에 대한 완상이 돌연 시인에게 감염시킨 정서일 터
이다. 흥미로운 것은 이 정신 없음 속에서 꽃과 시인

이 공히 듣고 있는 범주가 다른 두 소리다. 한편에서는 "법문"을 듣고, 다른 한편에서는 "엉덩이 들썩이는/소리"를 듣고 있는 상황이 우리에게 환기시키는 것은, 정념을 탈속脫俗화하지 않고, 우리 삶의 실감 안쪽에서 내속內俗화 하는 무위의 정신이다. 이 내속화된 무위의 서정은 김재석의 시쓰기에서 빈번하게 드러나는 만행卍行과도 같은 여정에서 일관되게 관철된다.

이 시집에서 김재석은 꽃과 나무, 그리고 전라도에 산재되어 있는 많은 절집에 대한 여정을 멈추지 않는데, 그 여정이 자신의 내적 정념을 금지하거나 비워버리기 위한 것이었다면, 뻔한 탈속적 서정 안에 그의 시가 주저앉아버렸을 것이다. 반대로 김재석은 그 만행의 과정 속에서, 내부로부터 거의 자연스럽게 뿜어져 나온다고 해도 결코 과장이라고 할 수 없을, 정념의 자연스러운 탐닉적 행보를 긍정하고 있다. 그러면서도 그것이 흘러넘치는 정념의 아노미 상태로 파열되지는 않고, 도리어 그것을 좀더 밀도 높은 형태로 응결시켜, 인위를 배제한 무위의 정서적 충만으로 연결시킨다. 정념이 무위와 순환적인 관계를 만들어내고, 인위를 배제한 무위의 태도로 정념을 긍정하게 되면서, 그의 시는 내속한 일상세계 안에서의 그 피로하기 그지없는 부박함의 경지를 뛰어넘어, 충일한

내속의 서정성이라는 개성적인 시적 형태를 만들어
내고 있다. 「선운사 산수유」도 앞의 시와 연관해서
함께 읽으면 이러한 주장의 진의가 잘 드러난다.

선운사 뒤뜰
동백꽃들에
홀린 사람들
정신이 하나도 없네

관음전
담장 너머 산수유
스님들에게
경고등 켜 놓았네

– 「선운사 산수유」 전문

화개에서 시인이 "법문"과 "엉덩이 들썩이는 소리"
를 동시에 들을 수 있었던 것처럼, 이 시에서도 시인
은 봄날의 나른한 상황 안에 속해 있는 대립적 상황
을 제시하고 있다. 1연에서 시인들은 빨갛게 집단적
으로 개화한 정념의 충만함이 뿜어낸 홀림에 대해 말
한다. 그러다가 2연에서는 노란 산수유가 "스님들에
게/경고등 켜 놓았"다는 유머러스한 진술을 하고 있
다. "동백"과 "산수유"는 이 시적 상황 안에서, 표면적으로는 대립하는 것으로 보이지만, 오히려 시인들은 이 두 꽃들의 동거를 공평하게 긍정하고 있다. 바꿔 말하자면, 시인은 "법문"으로 상징되는 충만한 초월에 대한 끌림을 부정하지 않으면서도, 흔히 그것과는 대립적인 것이라고 인식되는 정념에 대한 감각적 홀림 역시 부정하지 않는다. 오히려 시인은 이 미묘한 지향 모두를 자신의 내면 안에서 깊이 긍정함으로써, '내속內俗적 초월'이라고 해야 마땅할 시적 태도를 보여주고 있는 것이다.

물론 이 시집에 실려 있는 모든 시가 이러한 내속적 초월의 양상을 분명하게 보여주고 있는 것은 아니다. 어떤 편이냐 하면, 오히려 시인은 홀림과도 같은 탐닉적 정서를 오히려 노골적으로 분출하는 데에 집중하고 있으며, 때로는 채워지지 않는 정념의 괴로움에 대해서 피력하기도 한다. 이 시집의 제4부에 배치된 일련의 절집들에 대한 기행시들은 그것을 잘 보여준다. 시 속에서 시인들은 절집 모두를 "계집"이라 부르며 여성화하고 있으며, 유혹은 하면서도 시인의 정념을 기꺼이 받아들이지는 않는, 정념의 모순적 상황에서 비롯되는 마음의 혼란에 대해 노래하고 있다. 이런 식이다.

때론 착각할 정도로/볼 것 못 볼 것 다 보여주면
서도/죽어도 만지지 못하게 하는 무위사는/도무지
알 수 없는 계집이다   － 「무위사」

너를 잠시도 떨쳐버리지 못할 것 같구나/도갑사
여, 입장 곤란하면/훗날 은밀히 찾아올 테니/내게
가르쳐다오/모든 것을 다 주고도/몸 하나 버리지 않
는 비결을   － 「도갑사」

정수사, 저 계집을 턱밑에 두고/불혹이 넘도록 헛
물만 켜고 다녔다니/내 영혼이 한심하구나

                                － 「정수사」

조강지처 몰래 한눈 팔아도/죄가 되지 않을 기회
가 생애 딱 한 번 주어진다면/곧장 달려가 너를 껴
안으리/아니 네가 허락만 한다면/지금 당장 죄라도
짓고 싶구나   － 「미황사」

미친 척하고 내가 먼저 일을 저질러야지/연일 폭
설에 가위눌려 인적 끊긴 날/눈발 속에 잠행하여/
한바탕 야무지게 뒹굴어/연꽃 한 송이 피워내야지

                                － 「백련사」

거의 고백체의 직설을 연상시키는 위에서의 시적
진술도 그렇거니와, 가령 다음과 같은 시 역시 시인
의 정념이 별다른 제어나 여과 없이 분출되고 있다는
점에서 흥미롭다.

한 달에 한 차례
여지없이
용암을 분출하는
섬이 있다

누군가 노 저어오면
뒷걸음치기도 하는
섬

나는
돛대를 세우고

그 분화구에 뛰어들고 싶다
　　　　　－「섬」 전문

마치 신화 속의 엠페도클레스를 연상시키는 장면
인데, 생각해 보면 시인은 이 시집 속에서 자연과 사
물 모두를 여성화하고 있으며, 이 여성화된 시적 대

상에 대한 시인의 탐닉적 정념을 여과 없이 활성화시키고 있다. 물론 **때때로 시인은** "욕망이라는/내 짐을//안전하게 하역(「두 개의 섬」)"할까라는, 정념의 단념에 대해 지극히 예외적인 자문을 할 때도 종종 있지만, 그것이 생각처럼 쉬운 것은 아니라는 점 역시 잘 알고 있다. 반대로, 정념은 대단히 끈질긴 지속의 힘과 반복능력을 갖고 있는 것으로, 헐떡임을 멈추지 않는다.

하늘의 뒷골목을
어슬렁거리던
눈 밝은 매연이 급강하,
백목련 가지에 올라타
배때기를 파닥거린다
전깃줄 너머, 기와집 너머
개 목걸이 잡아당기듯
누군가 연줄을 잡아당긴다
열이 오른 백목련 가지가
숨을 헐떡이며
연을 놓아주질 않는다
전봇대 위,
무허가주택의 까치가

질투심에 까작거린다

— 「백목련 가지가」 전문

위의 시에서 우리의 시선을 집중하게 하는 것은 "백목련"의 집념에 가까운 정념의 강렬성과, 그것을 촉진시킨 "매연"의 파닥거림, 그리고 그것을 질투어린 눈빛으로 지켜보면서 지져대고 있는 까치가 처해 있는 상황의 성격이다. 표면적으로 "매연"과 "백목련"은 지금 성애적 관계의 흥분상태에 있는 것으로 보이며, 그것이 고스란히 까치에게 감염적인 질투심을 피력하게 만든 것처럼 보인다. 이 시에서 우선적으로 우리가 흥미를 느끼는 것은 인공적인 것과 자연적인 것 모두를 성애적 관계 속에서 조감하는 시인의 흥미로운 시선이다. 그렇게 본다면, 우리가 살고 있는 이 비정한 세계 전체는 음양의 질서 안에서, 서로를 끌어당기고 또 유혹하는가 하면, 그러한 관계의 궁극적 결론으로서 가장 내밀한 수준에서 서로의 속살을 뒤섞는 세계, 요컨대 감각으로 충만한 공간으로도 파악될 수 있다. 실제로 시인이 이 시집에서 보여주고 있는 세계에 대한 인식은 그런 감각의 충만함을 적극적으로 긍정하고 있다고 보아도 과언이 아니다.

그러나 시인의 시선은 이러한 감각적 인식을 넘어서, 보다 심층적인 세계에 대한 인식을 보여주는 듯

하다. 가령 위의 시에서 나는 "개목걸이 잡아당기듯/
누군가 연줄을 잡아당긴다"는 표현이 예사롭게 느껴
지지 않았다. 나는 이 표현 속에 오늘의 일상을 둘러
싸고 있는 정념의 작동방식이라고 하는 것에 대한 시
인의 심미적 비판이 숨어 있다고 생각한다. 지금 "매
연"과 "백목련"은 표면적으로 보자면, 성애적 관계에
자발적으로 골몰하고 있는 것처럼 보인다. 그것을 지
켜보는 까치조차도 질투심을 느낀다는 진술을 고려
하면, 실제로 그 성애적 관계는 뜨겁고 또 충만한 것
처럼 보인다. 그러나 그 충만해 보이는 성애란, 사실
에 있어서는 조작적인 것이다. 시인은 자못 능청스러
운 어조로 "매연"과 "백목련"은 물론 "까치"가 관계
맺고 있는 세계를 관조하고 있는 것처럼 보이지만,
이 시를 읽는 독자들에게 다음과 같은 전언을 동시에
던지고 있기도 하다. 저 개줄 같이 생긴 연줄을 보라.
매연의 욕망이 자발적인 것처럼 보이지만, 그 욕망은
누군가에 의해 조정당하고 있는 것이다. 당신들이 생
각하는 자발적인 정념의 충만한 넘침은, 그 자발성의
환영을 조작하고 있는 욕망의 메커니즘으로부터 자
유롭지 못하다. 오히려 백목련이 처해 있는 상황은
그런 욕망의 메커니즘에 순치된 덧없는 굴복을 의미
하는 것이 아닐까.

　직정적인 욕망의 분출 그 자체로 멈춘다면, 자아의

분명한 내적 확장의 계기로서 정념을 시적으로 수용하는 것은 어려웠을 것이다. 다시 환기시키자면 내속적 초월로서의 이 시인이 제시하는 정념의 독특함은 "법문"으로 상징되는 초월에의 의지와 "엉덩이 들썩이는/소리"로 현상되는 감각적 즐거움이 동시적으로 현존한다는 데 있다. 이런 인식 속에서 다시 위의 시를 읽어보면, 이 시는 오늘날의 현대화된 정념이 어떤 구조적 메커니즘에 의해 조작된 가짜정념일 수도 있다는 사실을 주지적인 어법으로 환기시키고 있는 것처럼 보인다. 그러니까 이 시집 속에서 시인은 내속적 초월의 중요한 계기로 정념을 수용하면서도, 메커니즘에 의해 조작되는 가짜정념에 대해서는 노란 산수유 꽃의 "경고등"을 켜는 것을 잊지 않고 있는 것이다. 그러니까 중요한 것은 정념의 자발성이며, 인위적 조작에 의해 피동적으로 반응하지 않는 부동심이다. 그러나 그 부동심조차도, 각도 크게 흔들리는 정념의 움직임을 금지하지 않고 그것을 넉넉히 껴안는 데서 가능해진 부동심이라는 점에서, 또 "법문"으로 상징되는 인위적인 금지가 아닌, 엉덩이의 들썩임을 활기차게 포용하는 것이라는 점에서, 무위적 정념이라 할 수 있는 것이다.

무위無爲적 정념이란 오늘날 우리가 경험하고 있는 조작된 메커니즘에 의해 생산되는 작위적 정념과는 그 질적 성격을 달리하는 것이다. 게다가 그 무위적 정념은 감각적이고 덧없는 정념의 한계성을 예리하게 간파하면서도, 이러한 성찰의 에너지를 보다 근원적이고 초월적인 심층적 세계에 대한 비전을 제시하는 한편, 독자들로 하여금 인간사와 자연의 심원한 모호성에 대해서 역동적으로 사유하게 만든다는 점에서, 매우 성찰적인 성격을 띠고 있는 심미적 인식론에 속한다고 나는 생각한다. 「강물」이라는 시에서도 이는 잘 나타난다.

강물이 끊기지 않고
바다와 몸 섞는 비결을 알겠다
앞강물이 뒷강물을 업어 주면
엉큼한 뒷강물에게
겁탈당한 앞강물이
새로운 강을 낳는 것을 보니
그 강물이 뒷강물 또 업어주고
서로 맘이 동하여
또 새로운 강물 낳는 것을 보니
바다와 한 몸이 돼서도
그 버릇 버리지 못하고
먼데까지 나아갔다가
하루에 두 차례 강 어귀에

다시 찾아와 숨을 헐떡이며

몸 섞는 비결을 이제야 알겠다.

- 「강물」 전문

　강물이 바다에 합수合水하는 과정을 바라보는 시인의 눈은 예의 정념의 역동성에 대한 신뢰를 잃지 않고 있다. 위의 시에서 강물과 강물, 강물과 바다는 그 흐름을 지속하면서도, 합수와 이격을 거듭하는 역동적 흐름을 그치지 않는다. 게다가 이 강물은 생성적인 것이다. 시인이 강물의 유장한 흐름을 일컬어 "서로 맘이 동하여/또 새로운 강물을 낳는"다고 표현하는 것은 이런 까닭이다. 강물로 상징되는 정념의 뒤섞임과 생성적인 양태, 이를 통한 바다로의 합수라는 초월적 형질변화를 시인은 "몸 섞는 비결"이라고 말한다. 그러나 몸을 섞고 있는 것은 강물만이 아니다. 김재석 시인은 이 시집 속에서, 시적 자아와 그것이 조망하고 있거나 속해 있는 세속세계를 무위적 정념 속에서 뒤섞고 있다. 그 뒤섞는 기술, 몸 섞는 기술은 더 나아가 삶의 생성적인 에너지와 죽음으로 상징되는 이 세계를 넘어서는 초월의 다른 양태와의 뒤섞임으로 발전한다. 그런데 김재석의 시에서는 이 죽음조차도 충만한 정념과의 아슬아슬한 균형을 보여주고 있다는 점에서 흥미롭다.

백련사 동백숲은

큰 바다

몸뚱이가

빨간 고래들이

바다 밖으로

주둥이를 내밀며

한철을

살다가는

바다가

괄약근에 힘을 주어

아니

빨간 고래들이

물 밖으로

몸뚱이를 투신하는

백련사 동백숲은

깊은 바다   ― 「동백 바다―스트랜딩」 전문

위의 시는 군락을 이룬 동백숲에서 집단적으로 개화했던 꽃이 지고 있는 풍경을 묘사하고 있는 작품이다. 시인은 동백숲을 "큰 바다"로, 동백꽃을 "빨간 고래"로 명명하고 있다. 이러한 은유체계 속에서, 꽃이 지고 피는 일은 살고 죽는 것으로 요약되는 일차원적 의미를 지시하지 않는다. 시인의 은유체계 속에서 동백꽃은 큰 바다의 괄약근이 열리면서 세상으로 튕겨져 나온 것이라는 표현에서 알 수 있듯, 자연의 생성적 힘에 의해 이 세계에 등장한 것이다. 시인은 지금 지고 있는 동백꽃을 빨간 고래들이 "물 밖으로/몸뚱이를 투신하"고 있다고 말한다. 동백꽃의 낙화는 어머니 자연의 의지에 화답하는 성격을 띠고 있다. 지금 낙화하고 있는 동백꽃조차 시인은 그것이 꽃의 자발성에 기인하고 있다고도 말하고 있다. 자연과 꽃의 생사동거에 대한 시인의 시각에서 우리가 확인하게 되는 것은, 시인이 파악하고 있는 정념이 인위적인 조작성과는 무관한 더 크고 근원적인 삶의 순환적 원리와 관련을 맺고 있다는 사실이다. 그러한 순환적인 세계 안에서의 정념이란, 죽음으로 상징되는 사건조차도 생성적인 성격을 띤, 다시 말해 다른 생명의 탄생을 촉진하는 무위적 계기를 형성하는 것이다.

물론 무위적 정념의 성숙한 시적 태도를 취하고 있는 시인 자신이 매순간 스스로의 삶을 충만한 것으로 인식하고 있는 것은 아니다. 이 시집을 읽으면서 우리들이 또한 확인할 수 있는 것은 중년을 넘어선 시인의 내적 동요와 이것을 극복해가는 마음의 여과 과정도 잘 드러나 있다는 사실이다. 시인은 때때로 정념의 순례를 멈추지 않는 자신의 일상과 현실에 대해 회의하는 모습을 보여주기도 한다. 시인은 "지명에도/이따금 몽정을 일삼은/나의 삶은/진품인가, 짝퉁인가(「무문관 일박」)"라며, 삶에 대한 총체적인 성찰의 태도를 취한다. 그런가 하면 봄날의 화려한 꽃들과 열매 맺는 나뭇잎을 바라보면서, 그렇게 화려한 개화의 주인공이 되지 못했던 자신의 삶에 대한 오연한 태도를 "생애 단 한 차례/자기 몸에 걸치고 갈/꽃을 위하여/몸에 매듭을 하나씩 더한다/대나무는(「대나무는 가랑이를 벌리지 않는다」)"이라는 표현을 통해, 비장하게 견인주의적 태도를 견지하기도 한다. 그런가 하면 세계와 자신과의 적조한 거리를 환기시키면서 "내가/발붙이기에 세상은/너무도 청정, 만사 눈부시다(「근황」)" 말하면서, 자기의 삶은 그 눈부심과는 거리가 먼 어둠 속에 머물러 있는 것이 아니냐는 의혹도 제시한다. 그럴 때 시인의 세상에 대한 비관은 강렬하다. 시인의 말처럼 "꼬리 없는 말들/눈웃음치는/가시덤불 엉겅퀴 세상(「뱀딸기」)"에서, 우리들은 일용할 양식을 벌며 조작된 욕망에 하루하루를 허비하고 있는 것인지도 모른다. 그럴 때 "삶이란 밥하는 것처럼/뜸 들여야 될 때가 있느니라 가르치던(「솥단지」)" 어머니의 말씀도 위로가 되지 않을 수도 있다.

어쩌면 이러한 마음의 흔들림이야말로, 시인으로 하여금 도처에서 꽃 사태를 목격하게 하고, 도로와 같은 절집으로의 순례를 지속하게 만든 원인이자 동력일지도 모른다. 이 가변적인 일상의 끝없는 풍화와 침식이 그로 하여금, 정념으로 표상되는 역동적인 몸과 마음의 움직임을 오히려 촉진시켰고, 이를 통해서 탈속적인 것과는 질적으로 다른 내속적인 무위적 삶의 강건한 전망을 피력하게 만들었는지도 모른다. 시인은 인위가 지배하는 세계를, 생성적인 정념의 거름종이 또는 필터에 걸러내고 여과하면서, 그것을 가변적인 현실의 너머 저 편의 삶과 죽음조차도 넉넉하게 껴안는 무구한 시간의 차원 안에 적극적으로 통합시킨다. 이를 통해서 시인의 자아는 폭넓게 긍정되고 있으며, 세계와 시인의 자아는 내속적 초월을 다음과 같이 아름답게 완성한다.

몸에 푸른 피가 도는
이 한지는 한 때
해와 달, 별빛이 찾아와
문 두드리면, 문 열어 줄까 말까

망설이던 나무였으리

푸른 피 속에 새들의

노래 떠다니는 이 한지는

해와 달, 별빛이 문 두드리다

속상해 돌아가려면

못 이긴 척 문 열어주던 나무였으리

새들의 노래에 해와 달, 별빛이

묻어 있는 이 한지는

배때기를 엎치락뒤치락

바람의 손길에 몸 둘 바 모르는

킥킥거리는 잎새를 단 나무였으리

지금 내 눈길을 하염없이 바라보는

이 한지는 나무였으리

해와 달, 별빛이 구애하면

잠시 시치미 떼다가

안방문까지 열어주던

- 「한지」 전문

'내속적 초월'의 길은 탈속적 초월의 그 쉽고 편안한 널뛰기를 완강히 거부한다는 점에서, 김재석의 시에 긴밀한 시적 긴장을 불어넣는다. 무위적 정념으로 충만한 김재석의 시세계는 조작적 가짜 정념으로 충만한 현실을 근본적으로 성찰하게 만들면서, 우리가

살고 있는 이 엉터리와 같은 세상을 껴안고 견디고
극복하게 만드는, 높은 차원의 서정적 정념의 근거를
은은하게, 때로는 강렬하게 환기시키고 있다.

시대를 넘나든 유쾌한 노래

- 향가 패러디에 관하여

장일구(문학평론가)

고전이라 해서 꼭 시대를 넘어선 감동을 주는 것은 아니다. 문학적 소통에는 늘 문화적 공분모에서 비롯되는 공통된 약호(코드)가 전제되는 법, 고전을 온전히 이해하기 위해서는 시대와 문화의 상거相距를 좁힐 만한 단서를 얻는 일이 급선무다. 혹여 고전이라는 위의威儀에 눌려 있지 않은지 돌이켜 생각해 볼 일이다. 만약 그렇다면 고전은 통상 옛것이 부르는 현학적이고 고답적인 취미의 대상에 상응하게 될 공산이 크다. 그것은 권위적 대상으로 비화될 법하며, 종

내는 문학 특유의 역동적 감흥을 낳지 못한 채, 골동품과도 같은 유산으로 남을 수밖에 없을 것이다.

물론 문화유산이 불러일으킬 감동이 없지 않지만, 그것은 옛것에 대한 호기심이나 경이감 외에 다른 감흥을 환기하지는 못한다. 그것은 당대 선인들의 삶과도 동떨어진 것이며 오늘날 우리의 문화와도 상관없는 것이다. 그것이 산출되고 유통된 삶의 맥락에서 절연된 만큼, 실상은 '문화'라는 이름으로써 수사할 수도 없다. 고전 작품 또한 문학적 소통 회로에서 유전되었을 때라야 본질적 명맥이 유지되게 마련이다. 따라서 고전의 가치를 고양하려는 이라면, 오늘날 사람들이 지닌 문학적 관심과 이해의 코드에 걸맞은 텍스트로, 고전을 변형하여 재창출하려는 노력을 기울여야 한다. '고전 다시 쓰기' 없이 고전은 그야말로 낡은 책에 불과한 것이다.

문화적 환경에 걸맞게 고전을 재구성하려는 의식은 통상 '패러디(parody)'를 통해 구체화된다. 이는 보통 고전을 익살스럽게 흉내 내어 쓰는 기법으로 알려져 있는데, 희화는 패러디의 한 기교에 불과하다. 물론 고전 자체의 권위에서 비롯된 중압감을 없앰으로써 그도 하나의 문학 작품으로 이해해 마땅하다는 심산에서 보면, 대상 자체를 웃음거리로 만드는 것은 훌륭한 전략임에 분명하다. 그런데 그런 것도 실은

독자들의 관심을 돌이킴으로써 소통을 활성화하기 위한 방책이라는 점만큼은 분명히 전제해야 한다. 그 정점은 고전의 해석과 재구성에 있다는 사실을 염두에 둘 일이다.

　여기 향가를 패러디한 작품이 있다. 중국의 노래(시가)에 대응해, 우리 고유의 정서를 담아 노래 부를 요량으로 지었다는 향가는 실제 당시에 널리 불렸던 것으로 알려져 있다. 현전하는 작품이 몇 편 안 되며 그나마도 작자 층이 한정되지만, 민요 성격을 띤 것이나 노동요 성격을 띤 작품의 면면이 드러나는 만큼, 제법 넓은 향유층에서 소통되었을 것이라 짐작할 수 있다. 그렇지만 관건은 그러한 당시 정황을 추측하는 데 있지 않고, 향가가 오늘날 우리에게 어떤 문학적 체험을 하게 하는지 여하에 있다.

　그런데 해독의 정확성조차도 의심되는 터에, 그나마 당시 말에 가깝게 한다 하여 고어 형태로 번역된 '글' 을 두고서 노래라 하거나 시라고 의식할 수 있을지부터가 실은 의문이다. 우리가 접한 향가는 문학 작품이라기보다는 지독한 암호와 진배없을 것이다. 그나마 현대어로 옮겨 놓아 시처럼 보이더라도 거기 담긴 생각이나 정서가 온전히 소통될 것이라 장담할 수 없다. 게다가 시의 요건 가운데 하나인 운율감은 그리 번역한 글에서 온전히 감지할 수 없게 마련인데, 그만큼 시적 감흥은 여러 차원 상쇄된다. 이런 맥락에서 향가를 패러디한 김재석의 작품은 눈길을 끌 수밖에 없다. 현전하는 향가 스물다섯 수 전부를 대상으로 패러디하여, 주목할 여지는 더욱 크다.

그 패러디의 양상은 크게 둘로 대별된다. 『삼국유사』에 실린 열네 편에 대해서는 에로스가 잔뜩 묻어난 표현으로써 희화하였는가 하면, 『균여전』에 실린 「보현십원가」 열한 수는 불가적 견성에 관해 얘기하면서도 자유로운 시상을 유지함으로써 원작의 시풍을 재구성하였다. 희화로써만 아니라 현실 맥락에 어울리게 재구성한 담론의 변형으로써도 패러디의 본질을 구현할 수 있다는 사실을 잘 보여준다는 면에서 의의 깊다 사료된다. 그런 면모는 겉으로 웃음이 묻어나는 시편들을 읽으며 웃을 수만 없다는 사실을 깨닫는 경우에 더욱 극화된다. 향가 해독의 단서가 되었던 「처용가」를 통해 그 단면을 확인할 수 있다.

> 달의 행방을 알 수 없는 밤
> 술에 절여 돌아오니
> 기가 센 마누라가 바가지네
> 마누라 팔아 한 밑천 잡아볼까
> 본디 내 것이 세상에 어디 있는가

쓰다가 다 두고 가는 것을

그것은 죽 떠먹은 자리

눈 한 번 딱 감고

어느 놈 한 번 등쳐볼까

- 「處容歌(처용가)」

잘 알려진 대로 처용은 자기 아내를 범한 역신을 관용함으로써 높은 덕을 이룬 인물이다. 그는 급기야 역신을 물리치는 힘을 지닌 신격으로까지 승화되어, 역질이 퍼지는 위기 상황을 극복하게 하는 주술력을 발휘한다 하여 신앙의 대상으로 숭앙되기에 이른다. 그런 처용이 여기서는 아내를 밑천 삼아 돈벌이를 하려는 사기꾼이나 난봉꾼의 형상으로 그려져 있다. 여지없이 웃음을 유발하는 거침없는 언변이 주목을 끄는데, 그 이면에는 삶의 애욕에 초탈한 의식이 내재해 있어 그냥 웃어넘길 수만 없다. 사실은 어두운 가운데도 우주의 질서를 유지하도록 해야 할 원형 상징체인 '달'이 제 자리를 지키지 못한 채 사라진 탓에, 카오스와도 같은 혼돈이 조성된 정황이니, 사람으로서 책임질 일은 없을지도 모른다. 질서와 이성을 상징하는 빛의 기운이 전혀 없는 가운데, 혼돈과 욕망 분출의 시공인 저 어둠 속에서 제도적 질서에 반하는 사념을 정죄할 수는 없는 노릇이다.

그런데 화자는 아내를 밑천 삼을 못된 생각을 하면서도 인간적 욕망을 넘어서고자 하는 견성의 면모를 보여 아이러니를 자아낸다. 그 아이러니는 자기 본성을 애써 억누르며 인자다운 모습을 보이는 처용을 교묘하게 조롱하면서도 저급한 웃음에 그치지 않고 의미심장한 견성의 시상을 형상하는 데 작용한다. 패러디의 본질적 의의를 돌이키게 하는 단서가 되는 셈이다. 짐짓 무릎을 칠 만한 시편이다.

물론 패러디한, 『삼국유사』 향가 전 편에 걸쳐 그렇듯 의미심장한 시상이 펼쳐지는 것만은 아니다. 때로 지나치게 희화만 앞서서 되려 유쾌한 웃음이 막히는 경우도 있을 만하다. 그렇지만 「풍요」나 「모죽지랑가」, 「안민가」, 「도솔가」, 「원가」 등 다수의 패러디 시편을 통해, 고전의 권위를 전도하여 새로운 세계를 개시開示한 모범적 사례를 엿볼 수 있는 것은 사실이다. 그리고 웃음의 저변에 내재한 불가적 견성에 관한 위트는 「보현십원가」 패러디에 고스란히 수렴되고 있다. 가령 다음과 같은 경우 에로스와 견성 사이에서 긴장감 넘치는 줄타기를 하는 데 빗댈 만한 시상의 면모를 단적으로 확인할 수 있다.

모두 다 성불하여
불전佛田을 갈고 닦지 않으면

누가 불전의 김을 매고

누가 씨 뿌려 열매를 거두리

고삐 풀린 망아지가

불전을 망치면

누가 또 고삐를 잡아매리

모두 다 성불하더라도

나는 이승에 남아

불전을 지키리

마음씨 좋은 누군가가

임무교대 해주는 그 시간까지

나는 중생의 자리를 지키리

— 「항순중생가恒順衆生歌」 —

　항상 중생의 뜻을 따르는 것이 견성성불의 전제임을 모르는 것 아니며, 균여대사 또한 그런 뜻을 노래로써 표현하였을 것이다. 일견 어려운 설법보다 삶의 구체에서 얻는 지혜를 통해 깨닫는 진리가 더욱 긴요할 것이라는 점 또한 불가의 견성에 관해서는 상식과도 같은 것이다. 그런데도 이처럼 위트 넘치지만 정문일침을 놓는 듯한 단편을 접하고 보면, 단순한 진리조차도 번잡한 생각 속에 묻히고 말 위기를 모면한 듯한 감회를 갖게 될 법하다. 그의 최근 시집 『샤롯데 모텔에서 달과 자고 싶다』에서 깊은 견성의 시안을

접할 수 있는 만큼, 이러한 패러디를 통해 엿보이는 불가적 진리에 관한 시상은 무척이나 미덥다.

이렇듯 김재석 시인이 이번에 내놓은, 현전 향가 전편에 걸친 패러디 시편들은, 단순히 익살스럽거나 풍자적인 시상으로써 고전의 권위를 강등하는 책략에 국한되지 않고, 현실 정황에 걸맞은 고전의 해석과 재구성으로써 '유쾌한 상대성'이라는 패러디 본연의 속성을 잘 구현한 것으로 보인다. 경우에 따라 지나치게 웃음을 작위했을 여지가 전혀 없지 않지만, 시편들 전체를 하나의 텍스트로 전제하고 볼 때, 에로스가 묻어나는 웃음을 직서한 효과를 거두는 것으로 인정할 만하다. 더러 다양한 해독 결과를 활용하다 보면, 같은 향가 작품이라도 둘 이상의 패러디 시편을 창출할 여지도 있다는 사실을 염두에 두고, 기왕의 성과에 더하여 더욱 풍성한 결실을 거둘 수 있을 것이라는 점을 사족 삼아 부기한다.

문학들 시선 005

백련사 앞마당의 백일홍을

초판1쇄 찍은 날 | 2008년 3월 28일
초판1쇄 펴낸 날 | 2008년 3월 31일

지은이 | 김재석
펴낸이 | 송광룡
펴낸곳 | 문학들
등록 | 2005년 8월 24일 제2005 1-2호
주소 | 503-821 광주광역시 남구 양림동 24-18번지 2층
전화 | 062-651-6968
팩스 | 062-651-9690
전자우편 | munhakdle@hanmail.net

ⓒ 김재석 2008
ISBN 978-89-92680-14-1 03810